AF456489

L'ACCORD PARFAIT

OU

LE TRIO MINISTÉRIEL,

PAR A. CAUSSADE,

DE TOULOUSE.

Le destin se déclare, et le droit du talent,
Justifiant Villèle, exclut Châteaubriand.

Se tutti gli alberi del mondo fossero penne,
Il cielo fossera carta, il mare inchiostro,
Non basteriano a descrivere la minima
Parte dele vostre perfezzionni.

GUARINI.

PARIS,

CHEZ LES PRINCIPAUX LIBRAIRES.

1824.

L'ACCORD PARFAIT,

OU

LE TRIO MINISTÉRIEL,

PAR A. CAUSSADE,

DE TOULOUSE.

Le destin se déclare, et le droit du talent,
Justifiant Villèle, exclut Châteaubriand.

Se tutti gli alberi del mondo fossero penne,
Il cielo fosse carta, il mare inchiostro,
Non basteriano a descrivere la minima
Parte delle vostre perfezzionni.

GUARINI.

PARIS,

CHEZ LES PRINCIPAUX LIBRAIRES.

1824.

IMPRIMERIE DE SÉTIER,
COUR DES FONTAINES, N° 7, à Paris.

NOTE.

Cette brochure, retardée par des circonstances imprévues, se trouvait sous presse au moment où M. de Villèle s'est décidé à prendre la mesure habile et *conservatrice*, méchamment qualifiée de jeu *des quatre coins ministériels*. Dans ce conflit d'ascensions et de déménagemens politiques, j'avais eu d'abord le dessein de suspendre la publication de cet écrit, pour y rendre en même temps un juste hommage au mérite des nouveaux venus, comme à celui des locataires, changés seulement de rue et d'étage. Mais après mûre réflexion, je crois devoir renvoyer ce besoin de ma conscience admiratrice à un nouvel opuscule consacré à prouver l'excellence des nouveaux choix faits par M. le président du conseil des ministres, et spécialement de celui de M. le vicomte de Castelbajac, en qui tout homme, ami des sentimens nobles et généreux, a vu avec plaisir récompenser d'une manière éclatante l'ancien rédacteur du *Conservateur*, l'ami à toute épreuve de M. de Châteaubriand. Compatriote de ce nouveau directeur-général des douanes, organe gratuit et vrai de la *bonne ville* qui l'a porté à la députation, je ne laisserai point échapper l'occasion de dire à la France ce qu'elle peut attendre de ses hautes connaissances en économie politique, et surtout de son zèle ardent pour la monarchie constitutionnelle.

P. S. *Qu'il me soit permis de témoigner ici ma reconnaissance personnelle à M. de Villèle, pour le surcroît de lecteurs que doit avoir naturellement cet écrit, au moment où les blancs et les noirs de la plupart des journaux laissent, du moins, un peu plus de temps à donner aux modestes brochures isolées. Si je ne parle point, à cette occasion, de l'utilité bien évidente dans ce moment, pour la tranquillité de la France, de la loi sur la censure, c'est que je me propose de le faire spécialement dans un opuscule.* Ce qui est différé n'est pas perdu.

L'ACCORD PARFAIT,

OU

LE TRIO MINISTÉRIEL.

Que le Français est léger! qu'il est capricieux! Jamais satisfait du présent, toujours impatient de l'avenir, il désire,... désire... Eh! que n'a-t-il pas désiré depuis un demi-siècle? Mais lorsqu'enfin tout lui sourit, au-delà même de ses espérances, pourquoi n'est-il pas content?

Et d'abord au lieu de répondre à cette question difficile à résoudre, je commence par déclarer que tout ce que l'on pourra trouver dans le cours de cet écrit, doit être pris à la lettre, religieusement et sans aucune interprétation maligne.

Que veut donc ce peuple exigeant et ingrat? de quoi se plaint-il? Ce qui me surprendra toujours, c'est que personne ne veuille porter ses yeux sur le passé, même le plus récent, et considérer tout ce que nous avons gagné depuis deux pauvres petites années en administration financière, politique et judiciaire. Quel mieux, raisonnablement possible, pouvions-nous donc espérer?

Pour moi, plein de confiance dans la haute sagesse et le mérite transcendant de ceux qui nous gouvernent aujourd'hui, j'entreprends volontiers la tâche, bien facile aux yeux des gens éclairés et de bonne foi, de venger de sages et habiles ministres des attaques intéressées d'hommes envieux du pouvoir que LL. EExc. font bénir universellement, *sauf quelques minimes exceptions*.

Jusqu'à ce que l'on me prouve la possibilité d'administrer tout simplement avec les institutions jurées, sans modifications, sans commentaires, une nation naturellement raisonneuse, je croirai que le seul ministère actuel a atteint le but, manqué jusqu'à ce jour par ceux q i'ont précédé.

Il faut, sans contredit, être bien difficile, bien injuste, pour ne pas s'en rapporter sans examen à une administration dont le président, éprouvé par huit ans de traverses et d'obstacles qui retardèrent, malheureusement pour la France, son ascension au poste éminent qu'il n'ambitionnait que pour *le bien général*; dont

e président, dis-je, à peine investi du pouvoir, s'empressa de faire profession de franchise, et de témoigner hautement le dessein qu'il avait de jouer *cartes sur table.*

En vain lui reprocherait-on d'avoir changé de jeu trop souvent pour mieux *tâter la fortune ;* en vain la susceptibilité de certaines gens serait-elle piquée du mot tant soit peu présomptueux : *rira bien qui rira le dernier,* échappé dans un moment de crise ; pour moi, juste enthousiaste de sa fine politique et de la manière noble dont il vient de faire la leçon à un de ses collègues qu'il soupçonnait d'avoir un peu *filé la carte.* Je me déclare admirateur perpétuel de sa clairvoyance comme de sa loyauté, et d'hors et déjà je suis des siens, et je parie pour lui.

Je suis aussi pour ce jurisconsulte renommé, dont la haute réputation avait inondé la Bretagne avant d'envahir l'Europe.

Que lui reproche une médisance maladroite? de la parcimonie! Mais, de bonne foi, dans un ministre n'est-elle pas préférable à la prodigalité? Répondez, Messieurs de la commission du budjet!

On lui refuse le don de l'éloquence! Mais de quelle éloquence veut-on parler ? Est-ce de cette éloquence fougueuse et incitante qui transporte ou comprime à volonté les passions d'une assemblée en tumulte. Ce talent démocratique est au moins superflu, s'il n'est point dangereux, dans un gouvernement représentatif.

L'éloquence essentielle à l'homme d'état dans une monarchie constitutionnelle, c'est l'éloquence délibérative de cabinet et de salon; cette éloquence calme et réfléchie qui, par des aperçus lumineux, par une logique serrée, porte la conviction dans l'esprit des hommes instruits, et non dans les têtes exaltées d'une opposition turbulente.

Eh! qui possède mieux que M. de Corbière ce talent persuasif, cette faconde insinuante? N'est-il pas parvenu à séduire et à captiver l'esprit subtil et la vivacité gasconne de M. de Villèle?

Mais, me dira-t-on, le ministre de l'intérieur n'aime pas les lettres! Pure calomnie. Ne sait-on pas que souvent le matin, se dérobant à la grandeur qui fatigue sa modestie, on l'a vu, simplement vêtu, bouquiniser *de sa personne* sur le Pont-Neuf et le Pont-au-Change? Et l'on voudrait me faire accroire qu'un aussi grand personnage, qui va déterrer ainsi lui-même le mérite des générations passées dans les mannes poudreuses des libraires ambulans, ne ferait rien pour découvrir et protéger le talent contemporain? A d'autres! Je maintiens, envers et contre tous, M. le ministre de l'intérieur pour un nouveau Mécène.

Quant au magistrat austère qui, à peine dans l'âge viril, devançant l'expérience de la maturité, fait déjà oublier la profondeur des Daguesseau, des Lamoignon, des L'Hôpital, comment ne pas admirer cette investigation assidue et tutélaire qui, après s'être occupée successivement des charges d'huissier, d'avoué, de notaire, a poussé la sollicitude pour le bien public au point de faire entrevoir au pauvre plaideur froissé, ruiné par un arrêt, l'espoir consolant d'un dédommagement *moral* dans la réforme de son juge.

Mais le Français, dans son exigeance impatiente, croit n'avoir rien obtenu tant qu'on semble lui refuser encore quelque chose. Si seulement on ajourne l'accomplissement du moindre de ses désirs, il se plaint, s'irrite, et, dès-lors, aveugle sur ses vrais intérêts, sourd aux plus sages représentations, il ne rend plus justice aux grandes qualités des dépositaires du pouvoir.

Eh! que lui faut-il donc qu'il n'ait pas surabondamment aujourd'hui?

N'est-ce point à M. de Corbière et à M. de Peyronnet, dont les circulaires eurent tant de succès à l'époque des dernières élections, qu'en-

où la France a dû le bonheur inespéré de trouver encore une fois *une chambre introuvable*?

N'est-ce pas M. de Corbière qui, le premier, professa ouvertement à la tribune des députés cette maxime nouvelle et hardie, mais incontestable, que le fonctionnaire public en opposition avec le candidat prescrit par le ministère, devenait nécessairement l'ennemi de son Roi et indigne de le servir; attendu que, suivant la Charte, le Roi étant *inviolable*, les ministres, investis de sa confiance, doivent être *infaillibles*? Heureux axiome qui, servant désormais de catéchisme, épargnera aux électeurs insoucians la peine de s'occuper par eux-mêmes des choix à faire, et aux électeurs turbulens le tort de se mettre en guerre ouverte avec une administration toute paternelle!

N'est-ce pas M. de Peyronnet qui, maintenant dans la magistrature française la noble indépendance qui fit de tout temps sa plus belle gloire, a eu l'intime satisfaction de voir rendre depuis peu de jours, contradictoirement aux conclusions du ministère public, des arrêts à l'équité desquels il s'est empressé d'applaudir avec toute la France?

N'est-pas M. de Corbière qui, écrivant à un Prince de l'Eglise un bénévole duplicata d'une lettre ministérielle restée sans réponse la première fois et encore la seconde comme la première ; a poussé la longanimité jusqu'à attendre pour se fâcher un peu que cette irrévérence fût signalée par le fait d'un journal indiscret qui paiera sans doute justement pour le coupable ; attendu qu'il ne faut pas se mêler des affaires des autres, *quand on ne voit pas encore bien clair dans les siennes ?*

N'est-ce point M. de Corbières qui, pour mieux diriger l'esprit public, s'attachant spécialement à nos pièces de théâtre, a si bien organisé la censure dramatique que les allusions les plus perfidement deguisées ne sauraient échapper aux ciseaux meurtriers des Parques littéraires ? N'est-ce pas lui qui, pour mieux épurer les mœurs du peuple des faubourgs, ne laisse jouer sur nos petits théâtres que des ouvrages d'une saine moralité telles que *les Cuisinières et la Marchande de goujons* ?

N'est-ce point M. de Peyronnet qui, dans sa prévoyante sollicitude envers les gens de lettres, et craignant pour eux les chances d'une altération de facultés morales due à un excès de travail, a voulu, *nouveau Jean-Jacques*, leur ménager des ressources assurées pour l'avenir dans la profession d'un état mécanique ? Ainsi M. Magalon fut mis à même de faire gratuitement à Poissy l'apprentissage des chapeaux d'osier. (1)

N'est-ce pas M. de Corbière qui, nouvel Amphion, n'a qu'à dire un mot pour que les monumens destinés à perpetuer le souvenir de notre gloire militaire, s'exhaussent inopinément à sa voix, comme jadis les murs de Thèbes s'élevèrent miraculeusement aux sons de la lyre du fils d'Apollon?

N'est-ce pas M. de Peyronnet dont........

N'est-ce pas M. de Corbière qui...........

Mais que sont quelques rayons de gloire auprès de l'éblouissante auréole du Président du conseil; auprès de ce soleil incandescent où ils viennent s'incorporer et se fondre pour le faire briller d'un éclat plus vif encore!

Et lorsque je vois ces trois génies réunis et, s'il faut le dire, absorbés en un seul, celui du Ministre des finances, Président du conseil, etc., etc.; dans ce génie dont jusques à présent toutes les élucubrations marquées au coin de la plus haute sagesse ont été couronnées d'un merveilleux succès, (*sauf le projet de la ré-*

---

(1) Il y a peut-être à cet égard conflit de sollicitude et de bienveillance entre MM. les ministres de l'intérieur et de la justice; je laisse à de plus habiles que moi à décider laquelle des deux Excellences a le plus de droit à la reconnaissance des gens de lettres.

duction des rentes, mais l'on sait à qui la faute) j'oserais douter un instant du salut et du bonheur de la France !

Non, non ! Ce n'est point un si léger échec qui pourrait affaiblir mon enthousiasme et altérer ma juste confiance.

N'est-ce point le Ministre des finances qui, s'élevant dextrement sur les épaules de ses meilleurs amis pour gravir l'échelle du pouvoir, s'empressa de la renverser charitablement sur eux, afin de leur épargner le désagrément d'y faire la culbute faute d'équilibre ?

N'est-pas lui qui, après avoir été constamment le chef d'une opposition sous tous les ministères précédens, a saisi habilement les moyens les plus naturels, les plus simples les plus efficaces de les rendre toutes deux muettes sous sa présidence ?

N'est-pas lui qui, commandant à ses affections comme à ses répugnances, à l'expression de ses regards comme à la vivacité de son esprit, à la véhémence de son style épistolaire, comme au timbre harmonieux de son organe, n'a fait connaître à l'un de ses collègues le juste châtiment de son *schisme ministeriel* que par l'ordre exprès du Roi, et dans une lettre qui n'est si laconique que par la crainte d'y laisser percer l'attendrissement ?

N'est-ce pas lui qui, pour préparer aux ministres à venir les moyens d'élaborer, dans un doux loisir, les projets de loi, conçus dans l'intérêt de la France constitutionnelle, a su obtenir pour eux la septennalité parlementaire? Ne l'a-t-on pas entendu, lors de la discussion solennelle de cette loi, dire hautement à la Chambre des Députés que, jaloux de la faire passer, non pour ses vues personnelles, mais pour le bien général, il était prêt à déposer le portefeuille ministériel immédiatement après son adoption ? Sublime dévoûment! Heureuse, trois fois heureuse la France, qu'une si noble abnégation ne l'ait pas encore privée d'un si rare talent!

Que de hautes connaissances réunies dans une même tête! Qu'il faut d'aptitude et de génie pour saisir à la fois d'un coup-d'œil prompt et sûr, la somme des chiffres du trésor et la clef des chiffres de la diplomatie!

Quel regard pénétrant qui plonge dans les cœurs comme il sonde les bourses!

Homme d'Etat, homme d'affaires, diplomate, orateur, financier, journaliste, il est tout le grand homme de 1824.

Il dit un mot et les banquiers de l'Europe s'empressent de mettre leurs capitaux à ses pieds.

Il fait un geste et les organes incorruptibles

de l'opinion *publique* s'empressent de lui ouvrir leurs longues et larges colonnes.

Eprouve-t-il quelque opposition irréfléchie de la part d'une feuille étrangement rebelle au bien qu'on voulait lui faire, un homme portant un des plus beaux noms de France, s'est chargé d'avance du péché véniel cause de ce grand scandale.

Un projet de loi financière est-il refusé par l'une des deux chambres; l'homme d'Etat ne perd point courage, et faisant pressentir le dessein de le présenter de nouveau dans un moment plus propice, il semble dire à quelques *brouillons* ennemis du bonheur de la France: *vient à bout qui sait attendre.*

Eh! comment douter en effet du succès *pyramidal* de ce hardi spéculateur, quand l'événement semble prendre à tâche de justifier chacune de ses entreprises. Où sont maintenant les hommes assez aveugles sur leurs vrais intérêts pour ne pas confier dorénavant sans crainte le soin de leur fortune à un habile calculateur qui, d'accord avec la rente, nous prouve aujourd'hui (*chose incroyable mais vraie*) que quatre auraient mieux valu que cinq!

Faut-il, abordant des considérations d'un ordre plus élevé, parler de la guerre d'Espagne à laquelle le Ministre des finances ne feignit de s'opposer d'abord que pour la commencer en temps utile et la faire, pour ainsi dire, par étapes ?

Oui ! C'est à cette rare prévision, que nos soldats durent de passer chaudement l'hiver dans leurs quartiers, au lieu de courir le risque d'être gelés, ainsi que le fut plus tard l'audacieux Mina traqué comme une bête fauve sur les montagnes de la Catalogne.

Oui, c'est cette sollicitude éclairée qui, pour remédier sur-le-champ à une imprévoyance, à des mecomptes dont il est inutile de rechercher ici le vrai coupable, n'hésita point à faire conclure, dans un moment d'urgence, avec le plus habile et surtout le plus solvable de nos munitionnaires un traité bien moins onéreux, quoiqu'on dise, pour les intérêts de nos finances que fécond pour les intérêts de notre gloire. Ne sait-on pas que *l'application des sangsues sauve quelquefois la vie*?

Mais si le *premier Ministre* s'était réellement opposé (*comme le prétendent quelques méchans*) à cette entreprise, aujourd'hui qu'elle est couronnée du plus heureux succès, ne se presenterait-on pas pour lui en disputer les fruits ? Lequel de ses collègues en a revendiqué l'honneur ? Avons-nous été témoins de la moindre réclamation à ce sujet ? Cependant la chose valait bien la peine !

Il est au contraire démontré que, loin d'en avoir redouté l'issue, c'est lui qui, du fond de son cabinet, a su préparer et diriger cette miraculeuse campagne; et que si, jusqu'à ce jour, M. le ministre des finances n'avait pas acquis la réputation d'habile tacticien, c'est que l'occasion lui avait manqué, mais non le talent,

A lui donc la meilleure part, *part d'aîné*, PART DU LION, de ces lauriers.

Comment ne pas reconnaître en effet un génie universel dans cet homme étonnant qui, réunissant l'énergie de Richelieu à la souplesse de Mazarin, a su se faire de la Charte constitutionnelle un foudre et un paratonnerre; qui s'en est servi tantôt comme de ballon d'ascension, tantôt comme de parachute, en couvrant, à l'approche du danger, avec des pièces artistement rapportées, les coups d'épingle donnés dans l'ivresse du succès!

On cite comme une chose merveilleuse le cercueil de Mahomet, attiré et retenu isolément, au moyen de pierres aimantées, à une égale distance du sol et de la voûte d'une mosquée de la Mecque; cette tradition, répandue par des voyageurs *qui venaient de loin*, fût-elle vraie, serait bien moins étonnante encore que l'équilibre imperturbable du président du conseil, entre ses anciens amis de droite et ses constans adversaires de gauche.

Qu'il y a loin de cet aplomb admirable à la bascule mesquine et vacillante de M. Decazes! Il me semble voir aujourd'hui le majestueux balancier d'une horloge repoussant alternativement, dans son ondulation savamment pondérée, deux nuées d'insectes qui viennent bourdonner autour de lui.

Et des Zoïles politiques oseront, dans leurs petites jalousies, attaquer ce chef-d'œuvre de gouvernement! on parlera tout bas de *corruption financière*, et tout haut de *séductions gastronomiques*.

O comble du délire et de la mauvaise foi! les moyens honteux employés avec fruit sous le règne d'un despote, ne perdent-ils point toute leur vertu dans une monarchie vraiment constitutionnelle?

Les muets de l'empire ne sont-ils pas devenus les orateurs verbeux de la restauration? La vénalité des serviteurs de Napoléon n'a-t-elle pas fait place au désintéressement des sujets de Louis XVIII?

Pourquoi donc ne pas avouer franchement que ce n'est que par la puissance d'un génie supérieur et hors de ligne que l'on peut se créer une majorité aussi compacte, aussi impénétrable.

Dans cette immense majorité tout est mis en action, depuis les chefs de file jusqu'aux derniers soldats. L'un parle, l'autre crie; celui-ci gesticule, celui-là *piétine*, et de cet ensemble admirable où chacun remplit de son mieux le rôle auquel il est propre, dérive un accord qui fait le bien général. Les esprits prompts et habiles à saisir le vrai sens du discours ministériel, en font part charitablement aux oreilles dures, aux intelligences paresseuses; et quand arrive le moment solennel du scrutin, un coup d'œil gracieux de Son Excellence, parcourant les rangs avec la rapidité du fluide électrique, obtient sans peine, sans efforts, les heureux résultats dont s'applaudissent chaque jour les bons Français paisibles amis des lois.

Réjouis-toi donc, ô ma noble patrie! le bonheur que te promettait la Charte constitutionnelle est désormais invariablement assuré. M. de Villèle a enfin trouvé la pierre philosophale; seul, il a su accomplir le grand-œuvre du Gouvernement représentatif!

Dans tout ce que l'on vient de lire, ai-je avancé un seul fait dont la malignité la plus envieuse puisse mettre en question la réalité ?

J'ai écrit ce que toute la France sait comme moi ; j'ai tâché d'exprimer mes sentimens personnels et l'éloge s'est trouvé naturellement, et par la force de l'évidence, sous ma plume inhabile à flatter.

Mais pourquoi, lorsque l'État est tranquille, lorsqu'à L'OMBRE DE LA CHARTE, *chaque citoyen jouit en paix et avec une égale sécurité pour l'avenir, de sa propriété nationale ou patrimoniale, sans distinction d'origine ; lorsque l'instruction publique est libéralement dirigée, le commerce puissamment secondé, l'industrie habilement encouragée, les arts noblement protégés, lorsqu'enfin tout contribue à multiplier nos jouissances, à rendre nos jours plus heureux, pourquoi hésiterai-je timidement à dire que c'est au président des Ministres que nous en sommes redevables ! loin de moi cette fausse honte !*

Pêche qui en prend un, dit le vieux proverbe, et moi je dis : *n'est pas flatteur celui qui, gascon et compatriote de M. de Villèle, se surprend une fois à ne dire que la vérité.*

www.ingramcontent.com/pod-product-compliance
Ingram Content Group UK Ltd.
Pitfield, Milton Keynes, MK11 3LW, UK
UKHW022154260726
13993UKWH00005B/2368

9 782329 157306